Les **Brèves** *de* **Fin** *du* **Monde**

(tome 1)

Julien Noyé

Les **Brèves** *de* **Fin** *du* **Monde**

(tome 1)

Édition : BoD – Books on Demand,
12/14 rond-point des Champs-Élysées, 75008 Paris
Impression : BoD - Books on Demand, Norderstedt, Allemagne

Couverture : Julien Noyé

ISBN : 978-2322-3972-11
Dépôt légal : Novembre 2021

A Lilou et à la jeunesse,

désolé pour ce bordel....

« Si l'humour doit séduire par sa forme,

il doit aussi bien convaincre

ou informer par son fond. »

(Georges Elgozy)

Menu

Introduction

Lorsque j'ai découvert à quel point le monde allait mal, j'ai d'abord cru à une mauvaise blague. Non seulement cela ne m'a pas fait rire mais ça m'a franchement mis KO. Pour tenter de me remettre un peu du choc et pour agir je me suis engagé dans les « marches climat » et les mouvements écolos naissants de désobéissance civile.

Puis, j'ai pas mal inondé (« noyé » diraient certains) les réseaux sociaux de publications sur le(s) risque(s) d'effondrement(s) avec plus ou moins d'efficacité. Cela m'a surtout permis de découvrir l'existence d'une communauté de citoyens, d'experts, de scientifiques et de militants préoccupés par les risques d'effondrement du monde tel que nous le connaissons. Il faut dire que quand tu lances régulièrement des alertes et des bouteilles à la mer du style « attention, ça va s'effondrer ! » presque tout le monde autour de toi se réfugie dans le déni, se barre sur les plateformes de streaming, sombre dans l'alcool, et parfois les trois en même temps. Alors, en attendant qu'une série à la hauteur de ces enjeux débarque sur les écrans ou que cela fasse l'ouverture du journal de 20h, je me suis mis au défi d'essayer de rigoler un peu avec tout ça, car comme disait Augustin-Pierre Caron : « Je me presse de pleurer de tout, de peur d'être obligé d'en rire. » (tribute to Corinne Morel Darleux). Je vous invite à parcourir cet ouvrage au grès de vos envies, de vos circonvolutions, de l'actualité, de votre météo personnelle, du temps qu'il fait, de manière linéaire ou bien à l'envers. Globalement, sur le plan de la qualité des contenus vous trouverez à boire et à manger ; chose qui peut se révéler très utile en cas de besoin.

Je profite de cette occasion pour témoigner mon affection et mon soutien à toutes celles et ceux qui sont sur le pont, qui créent, qui expérimentent, qui luttent, qui défendent ce qui doit l'être et qui tentent d'anticiper l'avenir. J'éprouve également beaucoup de gratitude envers celles et ceux qui nourrissent chaque jour mon inspiration. Je pense en tout premier lieu à nos dirigeants politiques, économiques, aux médias, mais aussi à toi, simple citoyen, qui te hisses parfois à un niveau d'excellence dans la connerie qui force le respect et l'admiration. Je suis évidemment très reconnaissant à tout ce qui contribue à l'effondrement du monde moderne et à la destruction des conditions de vie sur Terre (le productivisme, le capitalisme, le consumérisme, le déni, le transhumanisme, le techno-solutionnisme, le colonialisme, l'évolution, les cornucopiens, la thermodynamique, les énergies fossiles, le striatum, ...), bref, toutes ces personnes et ces choses sans qui, sans quoi, je n'aurais jamais pu écrire ce livre. Il s'adresse autant aux vieux habitués qu'aux novices du collapse. J'espère sincèrement que vous aurez autant de plaisir à le lire que j'en ai eu à l'écrire sur mon vieux PC de 2012, en surchauffe et sur le déclin.

Merci.

Julien

Les **brèves**

Elles se veulent drôles et philosophiques, mais, comme vous le savez déjà, les déclarations d'intention ne suffisent pas toujours.

A Extinction Rebellion on dit que quand l'espoir meurt, l'action commence. C'est bon là,
on peut commencer.

Tu crois qu'on peut faire du second degré avec le réchauffement climatique?

Après une analyse approfondie des propos tenus sur les réseaux sociaux beaucoup de gens ont été testés positifs à la connerie.

Un bon rire, ça vaut un bifteck.

Et si l'on spéculait en bourse sur l'effondrement ! Je mise sur un effondrement de la finance plus rapide que l'épuisement des ressources.

Je trouve que Manuels Valls ressemble de plus en plus à Fantômas avec un masque de Manuel Valls. C'est super flippant.

Le dérèglement climatique touche déjà l'Europe. Qui l'eut crue?

On croit qu'il y a des pilotes dans l'avion alors qu'il n'y a que le moteur du profit.

Pablo Servigne n'est pas un « bisounours ».
Il te dit en mode « bisounours » que l'on va en
prendre plein la gueule.

« J'irai au bout de mes rêves. »
(Jean-Jacques Icare)

Tu connais l'histoire de la croissance verte?
Celle qui courrait dans l'herbe ?
Non, à la catastrophe.

Deuxième vague de Covid-19:
« Et oui, c'est la reprise »
(Zinedine Zidane)

La surveillance de masse est une atteinte inacceptable au droit de garder son poids secret.

« On ne sait pas exactement où l'on va,
mais on y fonce tout droit. »
(Juan Manuel FAN GIEC – 2019)

Si vous voulez m'aidez à soigner ma solastalgie merci de vous occuper de votre déni. Ça fera d'une pierre, deux coups.

Ça fait plusieurs années que je soutiens le
« Greenland Village Farming Project » au Kenya.
Selon Google traduction, ça veut dire :
« Projet Agricole du Village Groenland ».
Il faudrait que je leur parle du nom quand même...

Ecologie :
J'ai décidé de lancer une pétition pour dénoncer
l'inutilité des pétitions. Énorme succès.

« La vie détectée sur Mars pourrait
être issue des laboratoires de la NASA,
selon un scientifique. »

Réouverture des magasins de vêtements :
Ne faites pas bêtement la queue pour entrer chez
Primark, profitez-en pour vous entraîner aux
futures pénuries alimentaires.

La civilisation moderne
c'est comme entretenir un château.
A moment donné, t'as plus les moyens
et il pleut dans le salon.

Les stations services sont classées dans la catégorie des commerces essenciels.

Avant, la nouvelle vague c'était Truffaut, Godard, Rohmer, Chabrol, Rivette, Resnais, Malle, Varda, Demy. Maintenant, c'est juste après le sapin de Noël de chez Truffaut.

Ce soir, ras le bol de la fin du monde ! Je vais plutôt me mater un bon « Mad Max », « 4h44 », « Contagion » ou « La Route », tiens, ça changera un peu.

Tu connais la différence entre un collapsologue et un effondriste? Eux non plus, je crois.

Marion Cotillard a décidé d'arrêter sa carrière et de passer à un mode de vie plus sobre et plus autonome. Non je déconne, c'est juste que les cinémas étaient fermés.

Elon Musk a envoyé une voiture dans l'espace qui diffuse en continu la chanson de David Bowie «Space Oddity». C'est con, y a pas d' son dans l'espace.

D'un côté, tu as les plus grands scientifiques de la planète et de l'autre tu as Jean-Claude Vandamme qui a compris que dans 30 ans, y a plus d'eau.

Retrouve tes héros de l'effondrement caché dans chaque jeu de mot!

Vingt-cent-mille-euros : ....

Janco-veni-vidi-vixi : ....

Un retour Killer : ....

Ricochet : ....

Jean-Christophe en a : ....

Loïc s' défend : ....

Pas le beau serre vigne : ....

Ni cola eut l'eau : ....

Laurent Stérone (niveau expert) : ....

J'embarque en sille : ....

A y est, laurent ! : ....

Hugo ? Parti... : ....

Hors un lit à barreau : ....

D'aile fine bateau : ....

(solution p. 144)

A propos de l'économie et de l'écologie « il y a même un recouplage », nous dit Arthur Keller. Personne n'est obligé de le croire sur parole, la mécanique n'est pas vraiment sa spécialité.

Tu vas rire mais l'unique moyen de réduire l'impact écologique c'est de réduire ton niveau de vie.

Sur le plan écologique pisser sous la douche c'est comme pisser dans un violon, ça ne sert pas à grand-chose mais ça ne fait pas le même bruit.

Ma fille est en train de passer son permis de conduire. Le moniteur lui a dit de ne pas s'inquiéter et de faire comme tout le monde. Elle a appuyé sur le frein et l'accélérateur, en même temps.

En parallèle de l'épidémie de Covid—19,
on assiste à une recrudescence
d'épidémie de dingues.

*Les riches ne sont pas au courant que
l'accroissement des inégalités est un facteur
majeur d'effondrement. Il est évident que s'ils
savaient, ils partageraient tout de suite.*

Sauver la planète, sauver la planète,
sauver la planète ! Commencer par
sauver Willy et on en reparle.

*« Adventice, biocénose, biotope, butter, consoude,
désalader, grelinette, holisme, ligne, mulch,
nématicides, nématodes, paillis, parthénogenèse,
pédogenèse, planche, rhizome, semis de
couverture, serfouette, stolon, tarière... ».
Au début, le vocabulaire de la permaculture c'est
un peu comme une langue étrangère,
tu chopes un mot par ci, un mot par là.*

Selon l'ONG WWF « un être humain ingère 5 grammes de plastiques chaque semain ». C'est vrai que c'est inquiétant comme problème mais avec une thérapie adaptée on obtient de très bons résultats.

Acidification des océans : la faune et la flore marine sont défoncées.

« Environ 38.000 km² ont été détruits l'an dernier, soit l'équivalent d'un terrain de football toutes les six secondes, ce qui fait de 2019 la troisième année la plus dévastatrice pour les forêts primaires en deux décennies. »
C'est sûr que si on annonçait qu'on détruit un terrain de foot toutes les six secondes ça mobiliserait plus.

Effet d' albédo. Ah, l' bédo…

Si ça continue comme ça,
le pôle va finir décalotté.

« Mes fonds partent au fond. Je n'aime pas
l'argent. Tout ce qui m'intéresse c'est le nombre
de camions de rochers que je vais pouvoir acheter
pour consolider ma digue. »
Merci pour cette belle démonstration
d'intelligence comme on
en voit rarement chez un habitant
de la pointe du Cap Ferret.

Vivre en autonomie ? Pourquoi pas,
si quelqu'un sait où ça se trouve .

Tu as une pensée complexe ou quoi?
Maman dit que n'est complexe que la complexité.

Avez-vous remarqué que dans ce monde étrange le réel semble virtuel et le virtuel réel ?

Et dire que tout ce bordel planétaire pourrait venir de la guéguerre entre le striatum et le cortex cingulaire dans notre petit cerveau…

Désolé mais c'est l'image de ce type en treillis avec toutes ses boîtes de conserves, ses bouteilles d'eau bien rangées, son système de renouvellement d'air, son gun, et tout, et tout. La tronche qu'il va faire quand il va comprendre que ça va durer...

C'est officiel, Poutine vient de perdre les élections présidentielles américaines.

La géo-ingénierie, c'est * et périls.
(solution p. 144)

On fait des vaccins contre le Covid-19 alors que c'est peut-être le seul régulateur d'humeur d'un monde en phase «up» depuis deux siècles.

Nous ne courons pas à la catastrophe, la catastrophe est en cours.

Soyons clairs, l'arche, tu la construis avant le déluge.

Paye ton climat : ça 100 balles.

Un rapport ministériel atteste que l'effondrement n'est pas un problème de moyens mais de mauvaise organisation.

Plusieurs types de la haute société rencontrent un expert en survie car ils craignent un effondrement de la civilisation. Ils lui demandent comment échapper au désir de vengeance et à la violence des pauvres envers les riches : « c'est simple, il suffit de les sortir de la pauvreté ».

La falaise de Sénèque, tu connais?
Tu vois le tyrolien qui gravit la montagne dans « Le juste prix »?
Ben, c'est pareil.

« L' humanité est incapable de protéger son milieu. » (Vincent Mignerot)
Un 4—4—2 serait-il plus efficace qu'un 4—3—3 ? Rien n'est moins sûr.

Quand Yves Cochet te dit qu'il va falloir s'entraider même avec des voisins lepenistes, tu comprends que la situation est très, très grave.

Écologie : acteurs militants et facteurs limitants, même combat.

On dit que le problème avec les voitures électriques, c'est la batterie. C'est vrai, et tout le reste aussi.

Dans un épisode de la série « Effondrement »,
tu vois un riche assez con pour penser qu'on va
l'appeler juste avant que cela ne se casse la
gueule pour rejoindre son bunker de luxe
sur une île tropicale.

Tout n'est pas perdu.
Il faut rester positif,
mais surtout au Covid—19.

Quand je pense que les historiens du futur diront
que les élites n'ont pas pris les bonnes décisions
alors que Macron avait organisé la Convention
Citoyenne pour le Climat, ça me rend dingue.

« Plus de 80% des milliardaires en
France ont hérité de leur fortune ».
Ça fait 20% d'arrivistes tout de même.

Grâce à l'innovation technologique vous n'aurez pas à changer de mode de vie, vous aurez juste à changer de planète.

J'adore Jean-Marc Jancovici. C'est un des rares types à te dire que le risque nucléaire est bien moindre que celui du dérèglement climatique. T'es tout de suite plus rassuré.

L'effet ciseaux c'est quand tu bois pour oublier l'effondrement alors que tu prônes la sobriété de la société.

Il va falloir diviser sa consommation énergétique par six. « Impossible! », répond le Ministère de l'Education Nationale, « plus personne ne connaît sa table de six ».

Je suis très attaché à la démocratie.
J'aime l'idée que n'importe quel crétin
puisse voter pour n'importe quel connard.

Un climato-sceptique, c'est quelqu'un
qui ne croit pas au climat tout court.

Il paraît que les chinois veulent faire pleuvoir
sur commande avec des technologies de
géo-ingénierie, alors qu'il suffirait de
demander à Renaud de chanter.

Pablo Servigne se voit
comme un « apocaloptimiste »,
n'en déplaise aux « effontristes ».

En France on a des idées, mais on n'a surtout pas de pétrole.

Le «peak oil», c'est le pic de production du pétrole. Quand tu vois le nombre de pics qui vont être atteints prochainement dans tous les domaines, tu «peak all» grave.

T'as déjà essayé d'arrêter de fumer, de manger du chocolat, de jouer au tiercé ou à Candy Cruch? Et tu veux qu'on stoppe le capitalisme?

« Salut, j'ai huit secondes pour vous dire que l'épidémie de Covid-19 c'est de la dynamique, des systèmes. »

Alpha, beta, gamma, delta...
Y aura-t-il assez de lettres de l'alphabet grec pour
tous les variants?

Je suis foncièrement anti-vasque!
Je préfère les lavabos.

Au nord, c'était les coraux.

On a beau dire mais avec le
réchauffement climatique,Titanic,
c'est plus pareil.

Depuis l'élimination de l'équipe de France en 8ème de finale de l'Euro 2020, on commence à regarder les catastrophistes un peu autrement.

Les scientifiques du monde entier constatent une grosse poussée d'archimerde.

Le monde en a vraiment plein le flux.

La dissonance cognitive, c'est comme une fausse note de la pensée.

Je viens de lire l'avenir dans le marc de café ;
il va falloir s'en passer.

Covid—19, un mars et ça repart.

« Le Gorafi » jette l'éponge face à la
concurrence déloyale de l'actualité.

Il est étonnant de constater que les
gens sont incapables d'agir pour se
protéger des dangers de notre époque
tout en réclamant toujours
plus de sécurité.

J'aime les décroissants,
et les chocolatines aussi.

Personnellement, je n'ai rien contre le Père Noël mais quand je constate que la majorité des gens dans ce monde croit que tout ce bordel peut continuer j'ai quand même envie de lui demander de faire un démenti officiel.

« En avril, ne te découvre pas d'un fil,
en mai, fait ce qu'il te pleut. »
(ma fille)

La démission de Nicolas Hulot de sa fonction de Ministre de la Transition Ecologique et Solidaire a déclenché un véritable séisme : De Rugy, Borne, Poirson et Pompili, l'onde de choc court toujours.

*Les énergies faux-cils sont la cosmétique
de notre réalité.*

Non,
je ne ferai pas
de blague relou du genre :
« au niveau connerie, Jean—Marie Bigard
envoie du steak. », c'est pas mon style.

« 2020, c'était pas très, très, trop bien. »
(Eric et Ramzi)

Une descente énergétique pour lutter
contre la montée des eaux.

C'est en regardant le film « Demain » de Cyril Dion et Mélanie Laurent que tu comprends « aujourd'hui » qu'on est passé à côté d' « hier ».

J'ai lu qu'un assaillant du Capitole était mort électrocuté par une décharge involontaire de taser au niveau des testicules ayant provoqué un arrêt cardiaque. Si tu fais un court-circuit avec ton pace-maker, tu penses que cela peut produire une érection?

Il faut arrêter de comparer l'extinction des dinosaures et la nôtre. Ils ne se sont pas envoyés la météorite que je sache.

Supra-luminaire : un terme vraiment éclairant.

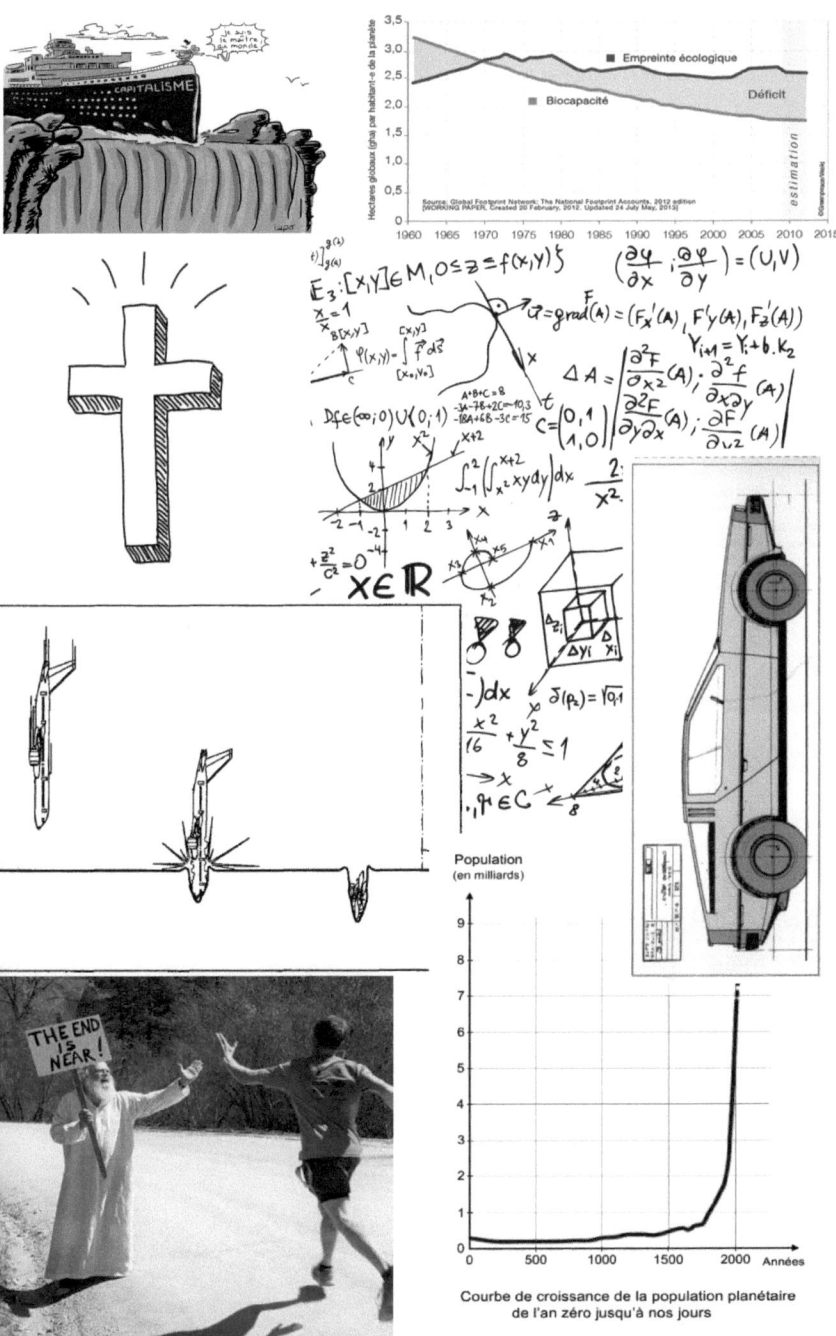

L'immunité collective à koh Lanta,
ça change quand même la donne.

Jean—pierre François,
ce grand survivaliste.

-« *Allez, réduis,*
-*Non, toi d'abord.*
-*Oh, s'il te plaît, si tu ne le fais pas en premier, je*
ne vais jamais y arriver.
-*Mais si, vas-y, commence à réduire toi.*
-*Bon d'accord, mais on fait en même temps alors.*
-*A trois : un, deux, trois.*
-*Mais, tu n'as pas réduit ?*
-*Toi non plus.*
-*Bon allez on recommence, mais on y va pour de*
vrai cette fois-ci. »

Le plus dur à gérer au quotidien pour
le ‹collapsonaute›, c'est la combinaison.

C'est vrai, j'ai été amoureux de Mélanie Laurent. Et alors, à chacun sa motivation en écologie.

Entre l'intelligence artificielle et la connerie naturelle, j'hésite encore.

La science infuse.
Elle sera bientôt prête.

Avec l'humour sur le Covid-19 y a tellement de vagues à surfer qu'on dirait le mascaret.

Quand ils pensent avoir atteint l'autonomie, les collapsos en font des caisses, mais alors des caisses pour le faire savoir.

Je suis un pessimiste.
C'est vrai que je vois distinctement
le verre à trois quart vide.

Selon une étude, 4 Français sur 5 se considèrent « éco-responsables ». Selon moi, 3 français sur 5 sont des comiques.

‹ La ville de demain sera connectée,
intelligente, conviviale et saine ›.
Merde, j'étais en train de lire
un prospectus de Vinci.

« Miami est dans la place,
tout baigne ! »

L'effondrement, c'est comme si "Armageddon"
avait été réalisé par un français :
un rythme lent et des scènes d'action pourries.

Je m'inquiète beaucoup pour l'avenir de
la jeunesse. Que vont devenir tous ces
youtubeurs et ces stars de la
télé-réalité ?

Le lessivage des sols ça risque
de nettoyer pas mal la planète, au final.

C'est la mute finale, groupons nous et demain...

Écologie : il n'est jamais trop tard
pour rien faire.

Ce n'est tout de même pas compliqué de trouver une image claire et parlante de l'effondrement. C'est une sorte de Titanic qui ressemble à une fusée dont les traits se rapprochent d'une voiture qui fonce dans un iceberg mais qui est en perte de vitesse et qui retombe sur terre.

Il paraît qu'il y a beaucoup d'ingénieurs parmi les collapsos. Essaye de monter une installation électrique autonome avec des panneaux solaires et on en reparle.

En 2020, la palme du meilleur acteur dans la catégorie risques systémiques a été décernée à l'unanimité au Covid–19. Pour 2021, les nominés sont les risques :

.de mutation du virus
.d'effondrement économique
.d'effondrement bancaire
.de black–out
.de décompensation psychique
.de cyberattaques
.de guerres civiles
.de tournage des "Anges" sur l'île de la réunion.

...

« J'ai fait plusieurs demandes de mutations. »
(SARS-CoV-2)

Je comprends ta grande fierté et ton enthousiasme à faire pousser des tomates cerises et des radis sur ton balcon, quelque part ça me touche, mais comment te dire...

« Le burger américain épuise les ressources en eau de l'ouest des Etats-Unis ».

Hollywood souhaitait sortir un blockbuster sur l'effondrement de la civilisation thermo-industrielle. Étant en effondrement elle-même l'industrie du cinéma va plutôt se rabattre sur la rediffusion d' « Appolo 13 ».

Aujourd'hui, j'ai fait rire plus de 700 personnes avec une blague sur l'état de dégradation du monde. C'est du grand n'importe quoi.

Les marches et les manifs c'est un peu comme Facebook, ça défoule, mais ça ne sert pas à grand chose.

L'Insoutenable lourdeur de l'être.
(Kindera)

Christophe MAÉ a écrit une chanson pour l'écologie. Merci, mais c'est trop, MAÉ.

Alors que ce monde est au bord du chaos, la presse s'interroge sur les origines profondes de cet effondrement en cours de la civilisation thermo-industrielle. Non je déconne, elle se demande juste pourquoi Thomas Pesquet et sa femme ne vivent pas ensemble.

Le pic pétrolier, ça va piquer.

« Des phénomènes en cascades
nous pendent au nez. »
(aurait déclaré le Covid—19)

*De la même manière que l'on peut arrêter de
fumer on peut arrêter d'être con,
mais il faut aussi se faire aider.*

Est—ce que l'on se taperait sur la
queule dans les Bistrots s'il n'y avait
pas les réseaux sociaux ?
Je vais enquêter sur place.

Ça va, y pas l' feu au lac Tahoe.

En ce moment le Liban, c'est Beyrouth!

Finalement, cette histoire
d'effondrement, c'était des conneries.
Désolé de vous avoir inquiété pour rien.

Le monde moderne est épuisant.

On commence à comprendre que les animaux
d'élevage sont aussi sensibles que les animaux
sauvages. C'est valable également pour les
humains.

« Le Variant anglais ».
La nouvelle super production
du Covid-19.

Après les attentats de Paris les gens défendaient
la liberté en allant boire des coups en terrasse.
Avec le Covid-19, c'est pareil.
Mais c'est quoi ce truc avec les terrasses ?

Tu connais la photographie
low-tech? Non, c'est quoi?
Le dessin.

Covid—19,
l'épidémie qui grippe le système.

*L'effondrement de la civilisation
c'est pas si mal finalement. Après « JUL »,
sur le plan musical c'était mort.*

Tout comme le capitalisme,
le déni de réalité s'adapte à tout.

*« Je le vois, je le sens autour de moi, tout le
monde est en train de prendre conscience que
nous sommes dans une impasse et commence à
changer de manière de penser, de vivre, se met à
la permaculture, ne mange plus de viande,
partage ses ressources... et puis je me réveille.
Vous en pensez quoi docteur? »*

Emmanuel Macron est devenu collapsologue :
« Le monde s'effondre et, en même temps,
le monde s'effondre ».

« Elon Musk promet 100 millions
de dollars à qui inventera une
technologie de capture du CO_2 ».
Bravo à lui pour ce courageux
aveu d'impuissance.

Il ne faut pas rigoler avec le risque
d'effondrement. Un gros black-out électrique
et « Plus belle la vie », c'est fini.

En France, la mortalité a augmenté de
près de 10% en 2020. Ce n'est pas rien
bien sûr, mais poursuivons tout de
même nos efforts.

Les hypersensibles font du « trop »,
du galop même.

Les antivax mettent en place un complot pour
accélérer l'effondrement du système en faisant
croire que c'est pour la liberté. Malin.

Urgent : Vends villa en bord de mer,
première ligne.

C'est cuit pour l'avenir du capitalisme, espérons
que cela ne sera pas totalement cramé
pour celui de l'humain.

*En mourant, Jean-Pierre Bacri n'a pas pu
s'empêcher de faire râler tout le monde.*
(pour moi, sa mort est une catastrophe)

La décroissance, pourquoi pas.
Mais on sera vraiment obligé de porter
les mêmes pantalons que Manu Chao?

*Yourte, tiny house, roulotte, c'est génial,
quand tu ronfles pas.*

Déclin ou effrondrement :
zadiste question.

Risque d'effondrement global :
résilience ou résiliation du bail.

L'habitat partagé :
grande source de bien-être collectif.

La fin du monde, j'en ai rien à foot.

L'histoire d'amour entre l'humanité et les énergies
fossiles ne sera finalement qu'un feu de paille.

Au Ministère de la Transition Écologique et Solidaire les gens sont en dépression.
Ce n'est pas pour autant qu'au Ministère de la Santé les gens sont devenus écolos.

Le type qui vient de se réveiller après dix ans de coma a finalement décidé d'y retourner.

Avez-vous reçu votre avis de remboursement de la dette écologique ? Ca ne devrait pas tarder.

Un hêtre vous manque, et la terre est dépeuplée.

« New-York est dans la place,
tout baigne ! »

Avec le Covid-19 les gens ont compris ce qu'était
une exponentielle sans aller l'école,
ce qu'était une boucle de rétroaction positive en
allant acheter du papier toilette,
ils ont compris que notre civilisation thermo-
industrielle est condamnée car elle se fonde sur
une croissance infinie incompatible avec les
limites planétaires, qui sont elles, finies!!!

Enfin, presque.

« Le consumérisme conduit
à se brûler les ailes. »
(Icare)

« Plutôt crever que de décroître ! »

Nos élites à contribution...

« La décroissance n'est pas une réponse au défi climatique »
(Emmanuel Macron, haut fonctionnaire, banquier d'affaires et homme d'État français)

« Les dieux, vous, qui maîtrisez, contrôlez, managerez les technologies NBIC, et les inutiles, les gens moins favorisés qui auront du mal dans le monde compliqué dans lequel nous entrons »
(Dr Laurent Alexandre, haut fonctionnaire et urologue de formation, entrepreneur, chroniqueur, écrivain et militant politique français, cofondateur du site Doctissimo en 1999. Connu pour ses prises de position dans les années 2010 sur le développement de l'intelligence artificielle, le recul de la mort, la génétique et le transhumanisme)

« Le réchauffement, il a commencé dans les années 1930. À l'époque, il n'y avait pas encore de tels facteurs anthropologiques comme les émissions de gaz à effet de serre mais le réchauffement avait déjà commencé »
(Vladimir Vladimirovitch Poutine, homme d'État russe. depuis 1999)

L'Amazonie n'appartient pas au
patrimoine de l'humanité »
(Jair Bolsonaro, ancien militaire, homme d'Etat brésilien)

« *Une seconde vague ? Non, c'est une*
***espèce de fantaisie ça!* »**
(Professeur Didier Raoult, spécialiste français des
maladies infectieuses, professeur de microbiologie à la
faculté des sciences médicales et paramédicales de
Marseille et à l'institut hospitalo-universitaire Méditerranée
Infection (IHU), lauréat du grand prix de l'Inserm en 2010,
co-auteur de milliers de publications scientifiques)

« *Pour une croissance infinie dans un*
***monde fini* »**
(Luc Ferry, essayiste français, ancien professeur de
philosophie et ancien ministre de la Jeunesse, de l'Éducation
nationale et de la Recherche dans les gouvernements)

« *Make the planet Great again* »
(Emmanuel Macron, militant écologiste)

« *Ça finira par se refroidir* »
(Donald Trump, homme d'affaires, animateur de télévision
et homme d'État américain)

20 centimètres de neige dans les rues de Madrid début janvier : qu'est-ce-qu'il ne faut pas faire pour illustrer la différence entre réchauffement climatique et dérèglement climatique.

« C'est pas l'homme qui prend Lemaire,
c'est Lemaire qui prend l'homme,
pour un con. »

Quand tu lis sur une affiche de recrutement de l'armée « trouver du sens », tu comprends que ça va très mal.

Le confiné ment. Complot évident.

Shell la merde Total.

« Capitaine Flam» pour éteindre l'incendie?
J' suis pas trop sûr.

Exxon le glas.

« Boucle de rétroaction positive! »
On se croirait dans Goldorak.

Le bateau de la civilisation moderne prend l'eau de partout mais le plan des élites c'est de repeindre la coque en vert avec une peinture corrosive.

La « vraie-langue » :
ne dites plus « pays riche »,
mais simplement « voleur ».

« Si on continue comme ça en 2100
le climat sera un enfer. »
Parce qu'il y en a qui pensent vraiment que le
monde peut continuer comme ça jusqu'en 2100 ?

« Plutôt crever
que de me faire vacciner! »

J'ai entendu dire que du point de vue
du TRE (taux de retour énergétique),
l'éolien, c'était un peu du vent.

Pour Jean-Marc Jancovici, le nucléaire serait
« un amortisseur » de la décroissance.
Je vois qu'il ne s'y connaît pas mieux
qu' Arthur Keller en mécanique.

C'est quoi un raisonnement à rebours ?
C'est quand Trump se dit écologiste
parce qu'il a mis le bordel dans le
commerce international.

Tu vas rire mais le paradoxe de Jevons énonce que
quand les améliorations technologiques
augmentent l'efficacité d'utilisation d'une
ressource, la consommation globale de cette
ressource augmente au lieu de baisser.

« *Loi des rendements décroissants.*
Les sociétés humaines sont des organisations
servant de cadre à la résolution des problèmes.
Les systèmes socio-politiques ont besoin d'énergie
pour leur maintenance. L'augmentation de la
complexité apporte avec elle une augmentation
des coûts par habitant, entendus comme coûts de
prestations, maintenance. L'investissement dans
la complexité comme moyen de résolution des
problèmes finit toujours par atteindre un point où
les rendements sont décroissants. »
(Joseph Tainter)

En résumé, plus tu avances en âge, plus tu dois
faire d'efforts pour plaire avec des résultats de
moins en moins probants.

‹ Le véran delta bientôt
majoritaire en France ›
(Olivier Variant)

Ce n'est parce qu'on est aussi
intelligents que cons que ça s'annule.

*Aux infos ils ont dit que l' « Eva Green » s'est mise
en travers du canal de Suez? Sincèrement,
je la voyais pas aussi grande.*

Tipping-point, jeu, set et match.

*« L'économie circulaire », une idée qui
tourne un peu en rond, finalement.*

*A la lumière des récents travaux sur la connerie, je
considère que tout est possible.*

J'ai entendu dire que dans le monde
d'après il faudra qu'on aille de l'avant.

*A voir comment les gens se ruent sur le PQ, on
comprend dans quelle civilisation de merde on vit.*

Demain 24 février 2021 la météo
prévoit 21° à Bordeaux. Si tu t'en
réjouis je te conseille d'aller vite
consulter le rapport du GIEC car
tu es certainement très malade,
ou très con.

Le jour où tu as autant d'amour que de colère dans le cœur te permet d'inviter tout le monde à aller se faire foutre.

Remplacez toute phrase qui contient « à cause du réchauffement climatique » par « à cause du modèle de développement moderne » et je parie que vous allez devenir écolo ou collapso en moins de 5 mn.

Des nouvelles de l'exploration de mars : selon les experts cela se situerait entre février et avril.

J'ai vu et lu trop de conneries ce soir sur les réseaux sociaux. Je m'en garde pour demain, il faut pas abuser des bonnes choses.

Luxembourg : paradis fis(t)cal.

« Les grandes villes s'affaissent sous l'effet de leur propre poids. » Finalement, ce serait plutôt un enfoncement qu'un effondrement.

Aujourd'hui, il y a en chacun d'entre-vous un résistant, un collabo, un courageux, un craintif, un altruiste, un individualiste.
Faites une réunion.

98 jours de couvre-feu : cuisson lente.

Dans ces temps troublés tout semble remonter à la surface, #Me too, #Me too inceste et même une balise qu'on avait enfoui dans la banquise qui est remonté 50 ans trop tôt
tellement ça fond vite.

Si tu es trop conscient des réalités du monde, seul ou avec des amis entraîne-toi à être dans le déni.
- Le Covid-19, c'est bientôt fini.
- La crise économique n'aura pas lieu.
- La crise monétaire sera évitée.
- Il n'y a aucun risque que l'extrême droite passe en 2022.
- L'hydrogène va remplacer le pétrole.
- Bien isoler les logements et passer aux énergies renouvelables vont limiter la hausse des températures à 2°.
- Nous allons vivre sur Mars.
- Pour nourrir la population, nous allons cultiver les légumes dans l'espace.
- En recyclant nos déchets il n'y aura plus de pollution.
- Je suis blond et mesure 1m85.

*Il parait que si l'on poursuit le monde d'avant,
il n'y aura pas d'après.*

Il est possible que les gens qui misent
tout sur la croissance verte
soient tout simplement cons.
Une étude est en cours.

*Après les Islamo-gauchistes, les Cathos de droite,
y a quoi ? les Bouddhistes ambidextres ?*

En ces temps difficiles de pandémie
heureusement que l'on peut trouver un
peu de réconfort avec du bon chocolat
de Côte d'Ivoire. Merci les enfants.

En fonction des émoticônes sous mes blagues sur Facebook, je peux vous situer directement sur l'échelle de conscience de Paul Chéfurka.

Ça ressemble de plus en plus au radeau de la Meadows.

Finalement la théorie du ruissellement fonctionne : plus on créé de richesses plus les glaces ruissellent partout dans le monde.

« Dérèglement climatique : Il a plu pour la première fois sur le sommet de la calotte glaciaire du Groenland». Une info qui, vous l'imaginez, m'a beaucoup plu.

Pablo Servigne et Raphaël Stevens ont inventé le terme de « collapso-logie » pour désigner l'étude du risque d'effondrement, la « collapso-sophie » pour l'aborder du point de vue émotionnel, intérieur, spirituel et la « collapso-praxie » pour s'y préparer concrètement et agir.
Comme il ne restait plus grand-chose, j'ai inventé la « collapso-lument tout » en quelques secondes.

« Bangkok est dans la place, tout baigne! »

Déforestation : la dernière coupe du monde.

A propos de l' « L'Appel des 1000 Solutions » de Bertrand Piccard : Bertrand peut-il se tromper 1000 fois 1 fois? Mais oui, bien sûr.

Tu t'y connais en cuisson de cultures en lasagnes ?

Aujourd'hui on confond l' « impensable » et l' « impensé ».

Economie et climat : quelqu'un aurait des nouvelles de Nordhaus Lelandais ?

Quand je pense qu'avant je m'inquiétais pour un rien, maintenant je m'inquiète pour tout. C'est plus adapté quand même.

L'orientation écologique du gouvernement se confirme : entre Darmanin qui marche sur les plates bandes de Le Pen et Borne qui se dit de gauche, ça ratisse très large.

Pour les collapsos,
le dernier rapport du GIEC,
c'est du réchauffé.

« Aux USA on est en train d'épuiser les ressources en eau pour extraire du pétrole. »
Sinon, on peut boire directement du pétrole aussi.

Ne désespérez pas,
toute solution à son problème.

Ne pas avoir de Plan de Communal de Sauvegarde à jour est un « DICRIM » contre l'humanité.

Réouverture des restaurants :
« Même s'il pleut des cons, on sera là ! »,
lance une restauratrice bordelaise.
J'ai lu trop vite, elle parlait de cordes.

« Les poussières de sable du Sahara étaient porteuses de Césium-137, résidu d'anciens essais nucléaires français ». Dans la vie rien ne se perd, tout revient dans la gueule.

« D'ici 2025, le numérique polluera
trois fois plus que l'aviation civile ».
Super, on pourra reprendre l'avion, du coup.

Attention de ne pas tomber dans un piège
abscons.

‹ Solastalgie ›, tu connais?
Oui, je l'écoute très souvent.

« *Néonicotinoïdes* », *franchement,*
rien que le nom devrait être interdit.

Promenons—nous dans les boîtes
pendant que l' Covid n'y est pas,
si l' Covid y était, il nous mangerait
mais comme il n'y est pas,
il nous mangera pas.

Les « rassuristes » sont des personnes qui ont perdu le sens de l'inquiétude au contact du Covid-19.

En laissant tomber le coton,
on gagnerait au chanvre.

Ce n'est pas parce que nous n'avons « rien dans la tronche » que nous courons au désastre, mais peut-être parce le striatum s'y trouve.

D'après un sondage,
« 65% des Français se préparent à un
effondrement de notre civilisation ».
Je dois tomber sur les 35% restants
à chaque fois que j'en parle.

Dis papa...

-Dis-papa, c'est quoi l'effondrement ?

-Alors c'est un truc qui est presque sûr d'arriver mais on ne
sait trop comment ça va arriver parce qu'en plus y en à qui
pensent que si on fait des choses qui marchent bien ça
pourrait l'éviter mais pas trop quand même et du coup il faut
se préparer mais pas vraiment parce que si on se prépare
trop vite ça s'accélère et si on traîne trop ça va un moment
mais après ça va plus du tout. Demande à ta mère.

-Dis papa, c'est quoi une exponentielle ?

-Alors une exponentielle c'est quand tu accélères beaucoup
le mouvement, que tu vas de plus en plus vite, de plus en
plus fort. Tu vois un peu ?
Pas trop. Je demande à maman ? Pas là, non.

-Dis papa c'est quoi la falaise de Sénèque?

-Hé bien ma chérie, c'est la petite bête, qui monte, qui monte,
qui monte… et qui descend !

-Dis papa, comment ça se passe en vrai, un effondrement de la population ?

-Alors, d'une manière générale les principales causes d'une chute démographique majeure sont les guerres, les famines, les épidémies et les maladies.
Comme nous vivons dans un monde où les sociétés riches exploitent les ressources pour améliorer les conditions de vie et l'espérance de vie, lorsque celles-ci commencent à manquer, à s'épuiser on ne peut plus se nourrir, se soigner ou se chauffer comme avant. En plus, comme dans ce monde tout est dépendant de tout, lorsqu'il y a un problème cela peut en entraîner d'autres comme quand on joue aux dominos. Si certains dominos tombent sur d'autres ça peut créer des problèmes comme des accidents nucléaires, des pannes d'électricité qui peuvent créer des pannes pour avoir de l'eau au robinet, de l'essence dans les camions qui acheminent la nourriture. C'est un peu comme avec le Covid-19 qui a obligé à arrêter d'aller à l'école, au travail, dans les magasins et créé une crise économique, aggravé les inégalités sociales, plongé la jeunesse dans la dépression. Est-ce que tu vois un peu ce que je veux dire?

-Oh oui, merci papounet !

-Tu as une autre question peut-être ?

-C'est quoi l'anthropophagie?

...oui ma chérie.

Grâce au Covid-19 beaucoup de gens ont eu le privilège de découvrir la vie de gardien de phare et d'éducateur jeunes enfants, en même temps.

Ça fait combien déjà 7,8 milliards de personnes divisés par 2?

Manif techno :
Alors, c'est des gens qui se rassemblent à plusieurs milliers en écoutant de la techno pour manifester contre l'interdiction des rassemblements festifs.

Pendant que « Persévérance » est sur Mars, on a perdu toute trace d' « Intelligence » sur Terre.

Migrations médiatiques :
Dubaï devient l'eldorado des
influenceurs de télé-réalité

Le temps passé devant les jeux vidéos explose.
Dans ce monde, on se console comme on peut.

Les énergies fossiles,
c'est un « one shoot ».

Message pour les ados :
« l'effet Sénèque, les mecs, pas l'essai fennec ».
Merci d'avance.

*Gravir l'échelle de conscience de Paul Chéfurka
demande une bonne dose de courage, surtout
quand tu sais que tu ne peux pas redescendre.*

La primaire écolo touche à sa fin.
L'année prochaine, c'est le collège.

*Avant le Covid-19,
le seul truc qui permettait réellement de créer une
dynamique collective rapide à grande échelle,
c'était une « ola » dans un stade de foot.*

J'ai passé le test sale hiver.
C'est un peu moins douloureux que dans
le nez mais ça reste assez désagréable
tout de même.

Quand tu y réfléchis, c'est vachement plus facile de mettre en pratique des idées de droite.

Je ne sais pas vous, mais je la sens pour bientôt la manif anti-Covid.

‹ Lagos est dans la place, tout baigne ! ›

Selon Jérôme Baschet « La notion de basculement est préférable à celle d'effondrement ». Je fais un test avec ma chaise et je vous dis.

« *Le Covid-19 n'a pas effondré la société,
les collapsologues ont eu tort, le monde est
résilient* ». *Mais quel garçon impétueux,
ce Laurent Alexandre !*

Il nous faut sortir de la
société de consolation.

*Le ski, c'est bientôt fini, l'énergie abondante et
bon marché, c'est bientôt fini, se nourrir en faisant
bosser les autres, c'est bientôt fini, le confort et la
médecine moderne, c'est bientôt fini, et Capri,
c'est déjà fini.*

Une étude révèle qu'il n'y aura plus
d'oxygène sur Terre dans un milliard
d'années. Pourquoi attendre?

« Variant indien du Covid-19 :
des crématoriums qui tournent à plein
régime. » Pas très bon pour le bilan
carbone tout ça.

Comment ils peuvent savoir qu'il faut 450 ans
pour qu'un masque chirurgical se décompose
dans la nature? Ils ont essayé?

Ne désespérez pas ,
tout problème a sa pollution.

La gourde en métal c'est l'objet de survie par
excellence. Tu peux la remplir d'eau, faire des
kilomètres avec et boire lorsque tu en as besoin. Si
tu la tiens par le goulot tu peux aussi défoncer le
crâne de celui qui veut te la piquer.

Pour comprendre l'importance vitale de l'eau tu lis « Jean de Florette » de Marcel Pagnol, la nature humaine en temps d'épidémie tu lis « La peste » d'Albert Camus et pour comprendre l'effondrement de la pensée humaine tu peux lire l'intégrale de Michel Onfray.

Dans cette période difficile le gouvernement s'est fixé un cap : naviguer à vue. Pour l'instant, il s'y tient assez bien.

« Le rire est le propre de l'homme »
(Aristote)

« Ben c'est bien le seul truc qu'il fait proprement. »
(Julien Noyé)

Lorsque tu connais déjà la fin du film, l'intérêt est ailleurs.

« Bordeaux est dans la place,
tout baigne ! »

*« Les coronavirus sont des zoonoses, c'est à dire
des maladies transmises de l'animal à l'homme.
Pour Jérôme Baschet, ces transmissions
sont le résultat de l'exploitation
et de la destruction de l'environnement par
l'homme dans une logique capitaliste
et donc des maladies du capitalocène. »*.
*Je n'ai pas le souvenir que Pascal Praud en ait
parlé comme ça, mais je vais vérifier.*

Je crois que je fais partie de la
résistance. Mais à quoi ?

*L'économie tue l'écologie qui à son tour tue
l'économie. On se croirait dans Kill Bill.*

Certains disent que c'est aux entreprises de baisser leurs émissions et d'autres que c'est aux gens de faire des efforts.
T'en penses quoi toi? Moi, je pense que CO2.

On a marché pour le climat, rien n'a changé, on a fait la Convention Citoyenne pour le Climat, rien n'a changé, tu crois quand même pas qu'on va remarcher.

Le réchauffement climatique c'est comme le vote pour l'extrême droite, on le constate mais on ne se demande jamais d'où il vient.

L'approche cantique existait déjà chez les moines du moyen-âge, qu'ils arrêtent de nous prendre pour des cons!

Comme ça ne sera plus du tout le moment de le dire plus tard, j'en profite maintenant :
on vous avait pourtant prévenu putain de bordel de merde d'humanité à la con de branleurs de mes deux !!!!!!!!!!!!!!!!!!!!!!!!!

Déconfinement,
un véritable Castex chinois.

Elon Musk a déclaré que s'attaquer aux problèmes de production et aux contraintes d'approvisionnement de Tesla présentait un « problème logistique qui faisait paraître la Seconde Guerre mondiale insignifiante. »
C'est vrai que c'est important la logistique.

Joe Biden ferme le robinet de la
théorie du ruissellement.

*Emmanuel Macron annonce que le gouvernement
va « essayer de décaler » le début du couvre-feu,
car « 19 heures, c'est tôt ». Quelle audace.*

J'ai revu le film « Captain Fantastic ».
Je crois qu'ils l'ont monté à l'envers.

*Les « étages du deuil ».
Dans l'ascenseur de la prise de conscience de
l'effondrement nous sommes coincés quelque part
entre le déni et le marchandage.
Quelqu'un pourrait appeler
un dépanneur SVP?*

Avec le Covid—19 nos sens sont
chamboulés. Certains perdent l'odorat
et moi j'entends le virus faire
la fête chez mes voisins.

La variant de Bacalan.
(« gavé » drôle !)

« Covid-19,
Élisabeth Borne a été placée sous surveillance
dans un hôpital de la région parisienne ».
Pas d'inquiétude, she's Borne to be alive.

Bientôt la fin de l'ère du
« gas—pillage ».

« Afin d'aider les gouvernements à juguler les
effets de la crise économique liée à la pandémie
de coronavirus, le Fonds Monétaire International
a recommandé ce mercredi d'augmenter
provisoirement les impôts sur les plus riches et les
entreprises ayant fait plus de bénéfices
pendant cette période. »

« *Falaise dans la civilisation* ».
Alors c'est l'histoire d'une civilisation
qui va trop loin et plouf.

Dépôt de bilan pour le Liban.

Résistance à la chaleur :
« *Ici l'ombre, les français parlent aux français* ».

‹ Les Etats—Unis face à une
pénurie de balles de tennis. ›
(signal faible)

Le rapport du GIEC,
on s'en bat les steaks.

Le capitalisme est un cancer.
Le problème, c'est qu'il paye aussi la chimio.

Je déclare les jeux olympiques des
records de chaleur ouverts !

« Je rêvais d'une autre montre... »
(TELEPHONE connecté)

*« Pass sanitaire » : c'est vraiment abusé d'avoir
besoin d'un pass pour aller aux toilettes.*

Feu, notre monde.

*« Incendies en Grèce » :
coup dur pour le tourisme.*

J'en ai plein le QR code de ce monde.

C'est terrible ces inondations.
C'est arrivé si soudainement.

Le courant Atlantique Nord risque
de ne plus passer entre nous.

On constate une forte élévation
du niveau de l'amer.

Face au dérèglement,
le climat tique de plus en plus.

C'est la fonte dégueulasse.

L'avantage de s'intéresser au risque d'effondrement c'est de découvrir qu'il existe au moins 50 nuances de noir.

Au niveau des vannes,
je commence à être un peu à sec.

En refusant d'aller dans les lieux réglementés, les "anti-pass" sont des décroissants qui s'ignorent.

J'ai écouté France Culture ce matin.
C'est fou cette capacité pour des
personnes intelligentes et cultivées à
dire de grosses conneries.

Bientôt sur vos écrans :
« Les marseillais en effondrement »

Alors c'est le père de Toto qui reçoit
sa facture de gaz…

L'autre jour des collègues ont eu une super idée
pour assurer leur avenir : ils ont joué au loto.

*L'effondrement, c'est un peu comme l'histoire de
la cigale et de la fourmi, mais sans la fourmi.*

Le « sans contact »
a un succès grandissant ;
en particulier avec la réalité.

L'avenir, c'est une abondance de pénuries.

Aujourd'hui on cherche à gagner sa vie,
demain on tachera de ne pas la perdre.

Si tu vas en forêt à la Saint—Luc,
prend garde à ton cul !
(proverbe chasseur)

Poutine ne participera pas à la COP26. Enfin un politique qui a compris que ça ne servait à rien.

Si tu vas en forêt à la Saint—Luc,
protège tes arrières.
(proverbe cueilleur)

Poutine ne participera pas à la COP26. Enfin un politique qui veille à son bilan carbone.

Je rêve d'une transition écologique équitable qui s'inscrit dans un mouvement global de décroissance et d'entraide. Et puis je me réveille.

L'épidémie de Covid-19 est maîtrisée dans les pays riches grâce à la vaccination. J'ai le sentiment diffus qu'on a oublié un truc, mais quoi? Oh putain, les pays pauvres!

Bientôt sur vos écrans : « Les ch'tis au Liban »

Greenwashing,
Collapsewashing,
Rebirthwashing,
Qu'est-ce qu'on va être propre!

Un grand merci aux pauvres de montrer dès aujourd'hui le chemin de l'avenir.

Les écologistes ont alerté pour protéger la nature, les collapsos ont alerté pour anticiper l'effondrement, et les...
Ah merde, y a plus personne.

Le groupe « Cold play » veut faire un concert zéro carbone et mois je suis le type le plus drôle de la planète.

Interrogé au sujet de son burn-out actuel le monde moderne a déclaré qu'il n'avait plus vraiment l'énergie pour continuer comme avant.

Alors, ça avance la transition égologique?

Je prendrai juste une yourte nature.
Merci.

C'est confirmé, les décideurs consultent plus les voyantes que le rapport du GIEC.

Je ne sais pas si vous êtes au courant, mais il faudra faire sans électricité.

Pour rester en dessous des 2°,
je crois que c'est un peu plié.

La maison en « terre-paille » ça te ruine l'histoire
des trois petits cochons quand même.

Vous trouvez aussi que René Dumont
avait un faux air de Doc Brown?

Face aux pénuries restons dignes.
Tapons-nous sur la gueule
comme des gens civilisés.
Bien cordialement.

Finalement c'est la connerie que nous allons explorer et pas l'espace.

Ça fait des siècles qu'on ne paye pas le
loyer et qu'on met l'appart minable.
Je te raconte pas comment on va
se faire virer par les proprios.

Y a eu la préhistoire, l'histoire, et bientôt, la post-histoire.

"printemps-été-automne-hiver"
"automne-été-printemps-hiver"

J'adore le Mastermind climat.

« Flambée de l'essence »
(BFM TV)

La connerie,
c'est comme la montée des eaux,
on peut pas lutter contre.

Ça va, ça va, ça va, ça va…péter.

L' « éco-connerie », *la connerie durable.*

Je rappelle que le plan c'est de payer
la dette privée avec la croissance.

Macron veut explorer les fonds marins,
comme ça, juste pour
le plaisir de la découverte.

« Apocalypse Now Final Cut, Germinal,
Armageddon, Faites entrer l'accusé, Urgences ».
Vu la programmation télé de ce dimanche soir,
c'est sûr qu'il sont au courant.

Sur le plan de la durabilité de notre
civilisation, tu sais Éric, c'est mort.

D'une certaine manière la baisse du QI est un espoir pour l'avenir de l'humanité.

Qu'est-ce qu'on va brûler en premier
quand il n'y aura plus de bois :
les livres ou les billets?

On anticipe l'effondrement un peu comme ces gens qui s'installent sur la plage et qui attendent la dernière seconde pour remonter leurs affaires au moment où la vague arrive.

C'est juste une petite crise sanitaire,
énergétique, économique, financière,
politique, climatique, écologique, ...
On s'en remettra.

Le **brief**

Quelques fondamentaux de fin du monde pour briller en société aussi fort que le rayonnement solaire ou juste au cas où vous n'auriez rien compris aux brèves.

Thématiques

Anthropocène et écologie

Il s'agit de l'impact des activités humaines sur les éco-systèmes naturels, sur les milieux. On parle d'anthropocène car cet impact est si grand et durable qu'il est devenu une force géologique capable de modifier profondément le fonctionnement du « système Terre » (interaction entre l'humanité et la planète Terre). Cette « Ère de l'Homme » a commencé à se dessiner à partir de l'invention de l'agriculture il y a un peu moins de 15000 ans mais a littéralement explosé depuis la découverte des énergies fossiles et en particulier du pétrole. Le développement civilisationnel « exponentiel » depuis les années 50, et son corollaire l'impact sur la planète, sont également appelés « la grande accélération ». L'écologie, c'est la science qui étudie les interactions des êtres vivants entre eux et avec leur milieu mais aussi la recherche d'un meilleur équilibre entre l'humain et son environnement naturel.

Energie

L'énergie, c'est ce qui permet de réaliser une action quelle qu'elle soit. L'accès à l'énergie occupe une place centrale dans la capacité de développement des sociétés humaines et de leur fonctionnement. La lutte pour son accès est un enjeu géo-politique et économique majeur. C'est à la fois la raison et le nerf de la guerre. A ce propos les travaux de Matthieu Auzanneau et de Jean-Marc Jancovici sont très éclairants.

theshiftproject.org

Pensée et philosophie

J'ai eu 7/20 au bac philo. Depuis, j'essaye de me rattraper.

In science we trust

La science est un corpus de connaissances dans les différents domaines du monde. Elle s'exerce dans un cadre méthodologique et éthique fondé sur l'observation, l'expérience, les hypothèses et la déduction. Même si l'état des connaissances évolue à travers la recherche, la science s'appuie sur le principe de consensus qui permet de valider, à moment donné, une connaissance. C'est un socle important sur lequel s'appuient les recherches sur les problématiques d'effondrement.

Solutionnisme

C'est un courant de pensée qui mise sur la capacité des technologies à résoudre les grands problèmes du monde (santé, pollution, nutrition, économie, criminalité, énergie, etc.) par l'innovation. La majorité des actions et projets qui ont cours se fonde sur ce postulat, témoin d'une certaine idée du progrès. Le solutionnisme fonctionne de manière ultra spécialisée, en silo, et ne s'inscrit pas dans une logique de complexité et d'interconnexions. Le hic, c'est que la recherche d'une solution à un problème peut en créer d'autres, parfois pires.

Economie et finance

Cette thématique réunit les deux domaines interconnectés que sont l'économie et la finance, au sein d'un système économique dominant nommé capitalisme, techno-capitalisme ou encore néolibéralisme. Si l'on cherche à dépasser les enjeux politiques et idéologiques qui s'y rattachent, on peut parler de système productiviste. Ces domaines sont étroitement liés mais on peut tout de même distinguer l'économie réelle (fondée sur la production de biens et de services) de la finance (qui concerne la circulation de l'argent, l'entrée et la sortie de capitaux, le moyen d'obtention de fonds et la gestion des ressources).

Expert en effondrement

Voici une liste (quand tu t'y connais pas bien tu précises « non-exhaustive », ça passe crème) des principaux acteurs de l'étude du processus d'effondrement et de l'« ère des catastrophes » en France et à l'étranger :

-Pablo Servigne (ingénieur agronome, chercheur)

-Raphaël Stevens (expert en résilience des systèmes socioécologiques.)

-Yves Cochet (ancien Ministre français de l'Ecologie, Mathématicien)

-Jean-Marc Jancovici (ingénieur, enseignant, conférencier)

-Arthur Keller (expert en limites et vulnérabilités des systèmes complexes, enseignant, conférencier)

-Vincent Mignerot (essayiste et chercheur indépendant)

-Aurélien Barrau (astrophysicien)

-Jean-Pierre Dupuy (philosophe et anthropologue)

-Jem Bendell (professeur de développement durable)

-Denis Meadows (scientifique et professeur émérite de l'Université du New Hampshire et co-auteur, avec trois scientifiques du MIT, du Rapport Meadows en 1972,)

-Joseph Tainter (anthropologue et historien américain spécialiste de l'étude de l'effondrement des société complexes)

-Jared Diamond (géographe, biologiste évolutionniste, physiologiste, historien et géonomiste américain)

-Ugo Bardi (professeur de chimie et chercheur)

En 2015, Raphaël Stevens et Pablo Servigne ont publié le livre
« Comment tout peut s'effondrer » et proposé le terme de
« collapsologie » pour désigner l'étude des risques d'effondrement
du monde tel que nous le connaissons.

Connerie et incompétence

L'apparente légèreté de cette thématique à deux faces ne doit pas
occulter l'importance et le sérieux des travaux à propos de la
connerie, comme en témoignent les ouvrages « Psychologie de la
connerie » ou encore « Histoire universelle de la connerie » écrits
par et sous la direction de Jean-François Marmion. Dans le
domaine des neurosciences (mais de manière non-consensuelle), il
y a également les travaux de vulgarisation de Sébastien Bolher à
propos du rôle central du striatum, cette partie du cerveau qui met
en concurrence déloyale la recherche de satisfaction immédiate et
l'intérêt collectif et durable qu'il traite dans son livre « Le Bug
Humain ». Dans son dernier ouvrage « Où est le sens ?» il évoque
le contrepoids que représente le cortex cingulaire face au striatum,
et l'espoir dont il peut être porteur.

L'année 2020 a été très éclairante au sujet de la place de
l'incompétence dans la manière de penser les problèmes du monde
et les actions à mener. « Pour se rendre compte de son
incompétence, il faut être compétent », nous dit le physicien et
philosophe Étienne Klein qui n'hésite pas à parler de populisme
scientifique (voir « ultracrépidarianisme » dans les « Mots-clés »).
Ces champs de recherche et d'analyse aident à mieux comprendre
pourquoi en dépit d'une information de plus en plus claire et
explicite l'humanité court tout droit à la catastrophe. Cette

thématique recouvre l'ensemble des biais cognitifs qui nous empêchent (à notre insu) de penser de manière rationnelle.
www.psychomedia.qc.ca/psychologie/biais-cognitifs

Dynamique des systèmes complexes

On tient là un gros morceau dans la compréhension de l'état du monde d'aujourd'hui et de sa trajectoire d'avenir. Il s'agit de l'évolution dans le temps d'un système complexe. La vie sur terre est un bel exemple de système constitué de règles d'interactions extrêmement complexes. Les auteurs du Rapport Meadows ont travaillé sur cette question afin d'imaginer la manière dont la civilisation actuelle fondée sur l'exploitation des ressources naturelles en les transformant en déchets (modélisation du « système Terre » réalisée avec brio par Arthur Keller), pourrait évoluer. Spoiler : quels que soient les scénarios, ça s'effondre.

Politique

Je passe mon tour, surtout le second.

Risques et menaces

Ici, il est question de fragilités, des vulnérabilités du système soit de manière partielle, soit globale. Du fait de sa complexité croissante (mais c'est plus complexe que cela) et des limites physiques auxquelles il se heurte, le monde d'aujourd'hui crée de plus en plus de risques systémiques (voir « Risques systémiques » dans les « Mots-clés) c'est-à-dire qui peuvent impacter le système à une échelle importante voire globale. Ces risques se déclinent sous la forme de Black-out électrique, de pénuries, de guerres, de pandémies, de crack boursier, de dictature politiques, d'accidents ou de conflits nucléaires, de cyberterrorisme, ...

C'est le haut lieu des incertitudes, des paris, des surprises, des peurs et des inquiétudes, par excellence. C'est un champ dont les pendants sont la prévention, l'anticipation, la résistance, la résilience, et plus globalement la prudence.

Déni

Le déni est un mécanisme de défense psychologique pour éviter ou nier une réalité menaçante pour le maintien de son équilibre psychique. Le déni de la réalité de l'état du monde est à mettre en rapport avec la dimension supraliminaire, c'est-à-dire une échelle si grande, si complexe et potentiellement menaçante sur le plan psychique qu'il n'est pas possible d'appréhender cette réalité.

Ça concerne donc beaucoup de monde. Même moi qui me considère comme extrêmement lucide vis-à-vis de la réalité de l'état du monde, j'ai des objets de déni.

Récits et imaginaires

Les « collapsos », Cyril Dion et Arthur Keller (qui ne sont pas des collapsos) soulignent l'importance des récits comme outils de mobilisation. Ce n'est pas le cas de Vincent Mignerot qui pense que le récit traduit une réalité et non l'inverse. Je vous laisse en débattre, moi j'ai un bouquin à terminer.

Il s'agit ici de penser les imaginaires autour de la notion d'effondrement, de savoir quelle(s) histoire(s) on se raconte et l'on raconte, quel sens on peut donner à cette période inédite porteuse à la fois d'inquiétudes mais aussi d'espoirs. Selon la place et le rôle qu'on lui reconnaît, cette thématique peut représenter un enjeu majeur dans les stratégies de sensibilisation et de préparation des populations au processus d'effondrement.

Décroissance

La décroissance est une pensée politique, économique et sociale critique à l'égard du système de croissance économique et ses effets délétères. C'est une approche adaptée pour prévenir et accompagner une situation de descente énergétique et matérielle.

Résilience et résistance

Résilience, on n'a plus que ce mot à la bouche. Il faut croire que le système capitaliste récupère tout en moins de temps qu'il ne faut pour le dire. A l'échelle de l'individu, la résilience est un concept issu des travaux en neuroscience concernant sa capacité à dépasser une expérience traumatique ou particulièrement stressante et à retrouver une vie satisfaisante. Mais la définition qui nous intéresse en lien avec les risques d'effondrement, c'est la capacité naturelle et surtout recherchée pour un système, une organisation, un fonctionnement à encaisser des chocs, et donc, à ne pas s'effondrer.

La résistance, au sens qui est entendu ici recouvre l'ensemble des actions qui visent à s'opposer, à bloquer, à perturber le système global et ses manifestations dans sa dimension nuisible et destructrice. Actuellement les actions de désobéissance civile, de blocage de lieux de production polluants sont typiquement des actions de résistance. On retrouve toute l'intrication des ces deux notions dans l'expérimentation et le développement de modes de vie alternatifs qui portent à la fois un potentiel de résilience et de résistance.

Covid-19, épidémies

Cette épidémie est une mine d'or pour dire beaucoup de conneries, plus ou moins drôles d'ailleurs. Elle est surtout une incroyable opportunité pour s'initier à la dynamique des systèmes, leurs limites et leurs vulnérabilités. Depuis le début de l'épidémie très peu de médias abordent la question de sa dimension anthropique et civilisationnelle. Je vous conseille de voir le film « Contagion » réalisé par Steven Soderbergh (sorti en 2011) pour mieux appréhender les effets systémiques d'une épidémie un peu plus contagieuse et mortelle que celle du Covid-19, ou bien de lire « La fabrique des pandémies » de Marie-Monique Robin, que je ne l'ai pas lu mais il a l'air franchement bien.

Solastalgie et éco-anxiété

Cette thématique regroupe la sphère des affects, des émotions, des sentiments que l'on éprouve lorsque l'on s'éveille à la conscience de l'état du monde. Inspiré du mot « nostalgie », la « solastalgie » est un néologisme inventé en 2003 par le philosophe australien Glenn Albrecht. Il traduit le vécu négatif et subi d'une expérience de changement de son environnement. L'éco-anxiété correspond aux inquiétudes, peurs et angoissent générées par la conscience lucide de l'état de dégradation de la planète et de sa trajectoire catastrophique potentielle. C'est une sorte d'état de stress « pré-traumatique » qui s'origine dans l'incertitude des risques et menaces qui pèsent sur notre avenir. En France, Charline Schmerber, praticienne en Psychothérapie, a réalisé une étude sur les phénomènes de solastalgie et d'éco-anxiété sur un échantillon de la population. Elle développe le concept de « collapsalgie » pour tenter de penser les souffrances psychiques liées aux processus d'effondrement au sens large.

Survivalisme

Derrière ce terme (souvent caricaturé surtout dans sa version américaine) se cache la question de la préparation à l'effondrement. Les « survivalistes » s'organisent de manière concrète et pragmatique seuls ou en petits groupes à (sur)vivre à des évènements et des catastrophes majeurs. Cette démarche est plutôt porteuse de valeurs individualistes et de compétition entre les individus. Cette thématique est beaucoup plus vaste qu'il n'y paraît et recouvre des situations très différentes : du bunker d'ultra-riche en Nouvelle-Zélande au spécialiste de la cueillette en passant par la recherche de l'autonomie énergétique, alimentaire ou encore le développement des compétences sur le plan des médecines parallèles.

Prise de conscience

La prise de conscience, c'est l'antidote au déni mais elle se fait rarement sans difficulté. Regarder le monde en face est un exercice exigeant, parfois périlleux et souvent douloureux. C'est un parcours semé d'embûches et de biais cognitifs. Le plus connu d'entre-eux s'appelle la « dissonance cognitive » que l'on rencontre dans des situations de décalage entre ce que l'on vit et ce que l'on pense, son éthique et ses valeurs. Le processus de prise de conscience n'est pas forcement linéaire mais laisse peu de place à la réversibilité.

Mots-clés

Acidification des océans

L'acidification des océans désigne la baisse progressive du pH des océans causée notamment par les émissions de CO_2. L'océan devient alors de plus en plus acide, ce qui perturbe l'écosystème océanique. L'acidification des océans est un phénomène complexe avec de multiples conséquences sur les équilibres écosystémiques mondiaux dont l'accélération est au premier plan des inquiétudes.

Agroécologie

« L'agroécologie est une façon de concevoir des systèmes de production qui s'appuient sur les fonctionnalités offertes par les écosystèmes. Elle les amplifie tout en visant à diminuer les pressions sur l'environnement (ex : réduire les émissions de gaz à effet de serre, limiter le recours aux produits phytosanitaires) et à préserver les ressources naturelles. Il s'agit d'utiliser au maximum la nature comme facteur de production en maintenant ses capacités de renouvellement. »
(définition selon le Ministère de l'Agriculture et de l'Alimentation)

Albédo (effet d'albédo)

Tout corps réfléchit une partie de l'énergie solaire qu'il reçoit. L'albédo est la part de l'énergie solaire réfléchie par rapport à celle reçue. Cet effet joue ainsi un rôle sur le climat et l'équilibre thermique de la planète, car il est directement affecté par les activités humaines.

Plus un corps est clair et plus il est réfléchissant : son albédo est fort. À l'inverse, plus un corps est sombre, plus il absorbe les rayons du soleil : son albédo est faible.

Artificialisation des sols
L'artificialisation des sols, conséquence directe de l'extension urbaine et de la construction de nouveaux habitats en périphérie des villes, est aujourd'hui l'une des causes premières du changement climatique et de l'érosion de la biodiversité. Le gouvernement souhaite protéger ces espaces naturels, en instaurant l'objectif de "zéro artificialisation nette" prévu par le Plan Biodiversité, et travailler avec les collectivités pour repenser l'aménagement urbain et réduire efficacement l'artificialisation des sols. (définition selon le Ministère de la Transition Écologique)
Ils ont vraiment beaucoup d'humour au Ministère.

Biodiversité
La biodiversité, c'est le tissu vivant de notre planète. Cela recouvre l'ensemble des milieux naturels et des formes de vie (plantes, animaux, champignons, bactéries, etc.) ainsi que toutes les relations et interactions qui existent, d'une part, entre les organismes vivants eux-mêmes, d'autre part, entre ces organismes et leurs milieux de vie. Nous autres, humains, appartenons à une espèce – Homo sapiens – qui constitue l'un des fils de ce tissu. (définition selon le Ministère de la Transition Écologique)

Black-out (électrique)

Un black-out est un effondrement de la totalité du réseau électrique qui peut être la conséquence d'une pénurie s'étant aggravée ou d'un problème technique imprévu. Le délestage est une mesure prise par les autorités en cas de pénurie d'électricité. Il existe plusieurs niveaux de risque de black-out allant d'une rupture de quelques heures à un arrêt définitif d'un réseau électrique.

Boucle de rétroaction positive

Une rétroaction positive a tendance à accélérer l'évolution d'un processus. Par exemple, la glace réfléchit presque tout le rayonnement du Soleil alors que la mer qui lui fait place le réfléchit très peu, et au contraire, l'absorbe fortement. Cette absorption se traduit par un réchauffement supplémentaire qui accélère la fonte de la glace, qui à son tour accélère le réchauffement, etc.

Chocolatine

La chocolatine est une viennoiserie composée de pâte levée feuilletée, généralement rectangulaire, et fourrée avec du chocolat. On trouve de pâles copies de cette recette sous le nom de « pain au chocolat », mais les connaisseurs ne s'y trompent pas.

Civilisation thermo-industrielle

Ce terme désigne le modèle de développement dominant dans le monde actuel qui s'est fondé sur l'exploitation des énergies fossiles à partir de la moitié du XIXème siècle avec l'utilisation du charbon, puis du pétrole et du gaz naturel. Ce modèle est basé sur des choix socio-techniques et implique une exploitation croissante des ressources naturelles.

Climato-sceptique
Personne qui appartient au courant de pensée qui consiste à mettre en doute l'existence du réchauffement planétaire et de la menace qu'il pourrait représenter, ou encore l'incidence de l'activité humaine sur celui-ci.

Collapsologie
La collapsologie recouvre un large champ de recherche qui vise à mieux comprendre les risques d'effondrements sociétaux et écologiques. C'est un néologisme qui a été inventé par Raphaël Stevens et Pablo Servigne dans le cadre de leur ouvrage paru en 2015 intitulé « Comment tout peut s'effondrer. » (www.collapsologie.fr)

Collapsonaute
Le terme désigne les personnes qui modifient leurs actions et leurs projets de vie face au risque d'effondrement de la civilisation thermo-industrielle et qui mutualisent leurs réflexions sur les réseaux sociaux et à travers des projets collectifs et coopératifs. (en version humoristique je vous conseille : lescollapsonautes.fr)

Cornucopien
Un cornucopien est une personne qui estime que les innovations technologiques permettront à l'humanité de subvenir éternellement

à ses besoins matériels, eux-mêmes considérés comme sources de progrès et de développement.

Cortex cingulaire
Le cortex cingulaire est une partie du cerveau humain qui se trouve dans les deux hémisphères cérébraux. Cette structure, avec le gyrus parahippocampique, constitue le cortex limbique du système limbique du cerveau. Quand nous sommes inquiets ou anxieux, c'est notre cortex cingulaire qui agit. Il nous aide à exprimer notre état émotionnel par le geste, la posture et le mouvement.

Couvre-feu
C'est un truc qui sert à couvrir le feu.

Croissance verte
La croissance verte signifie promouvoir la croissance économique et le développement tout en veillant à ce que les actifs naturels continuent de fournir les ressources et services environnementaux dont dépend notre bien-être. L'impossible découplage « absolu » entre la croissance économique et l'écologie rend le concept de croissance verte caduque (voir « découplage »).

Cycles biogéochimiques
Un cycle biogéochimique correspond à un ensemble de processus grâce auxquels un élément chimique (azote, carbone, eau, phosphore ...) passe d'un milieu terrestre à un autre, puis retourne dans son milieu original, en suivant une boucle de recyclage infinie.

Ces éléments se retrouvent dans le sol, dans l'atmosphère, dans l'eau ainsi que dans les tissus vivants. Du fait des activités humaines, ces cycles sont profondément perturbés.

Découplage (économie / écologie)
Le découplage est un terme d'économie et d'écologie qui désigne la séparation possible entre la croissance économique et la consommation de ressources et d'énergie (impact environnemental négatif, émissions de gaz à effet de serre, etc.).
Ce concept dont l'idée centrale est que l'économie de croissance est compatible avec l'écologie est à la base de la notion de développement durable. Les dernières études chiffrées montrent que seul un découplage très « relatif » est possible.

Dérèglement climatique
Le dérèglement climatique est un phénomène global de transformation du climat dont l'origine est anthropique qui se caractérise par une augmentation générale des températures moyennes (notamment liée aux activités humaines), et qui modifie durablement les équilibres météorologiques et les écosystèmes.

Descente énergétique (et matérielle)
C'est une baisse significative de l'accès à l'énergie et aux transformations matérielles qu'il permet. Elle peut-être choisie (décroissance du PIB) ou contrainte en raison d'atteinte de limites physiques (pics de production) ou de faits géopolitiques.

DICRIM

L'obligation de réaliser un Document d'Information Communal sur les Risques Majeurs (DICRIM) résulte du décret 90-918 du 11 octobre 1990 qui précise que « le maire établit un document d'information qui recense les mesures de sauvegarde répondant au risque sur le territoire de la commune ». Ce document vise à rendre le citoyen conscient des risques majeurs auxquels il peut être exposé.

Dissonance cognitive

En psychologie sociale, la dissonance cognitive est produite par la tension interne propre au système de pensées, croyances, émotions et attitudes (cognitions) d'une personne lorsque plusieurs d'entre elles entrent en contradiction l'une avec l'autre.

Echelle de conscience (de Paul Chéfurka)

Paul Chéfurka est un chercheur Canadien qui propose une modélisation des étapes dans le prise de conscience de l'état du monde et de sa complexité allant de 1 à 5, le 5ème stade étant celui de l'acceptation qu'il n'est pas possible de modifier la trajectoire d'effondrement et qu'il faut apprendre à faire avec et tenter d'en limiter les effets et les conséquences.

Eco-anxiété

Le phénomène d'éco-anxiété est une forme de souffrance psychique qui se manifeste par différentes formes d'anxiété en lien avec le processus de dégradation de l'état du monde naturel. Contrairement à la Solastalgie qui renvoie à la notion de changement vécu, à la perte, une personne qui souffre d'éco-anxiété s'inquiète par anticipation des risques et des conséquences des dégradations écologiques.

Economie circulaire
L'économie circulaire consiste à produire des biens et des services de manière durable en limitant la consommation et le gaspillage des ressources et la production des déchets. Il s'agit de passer d'une société du tout jetable à un modèle économique plus circulaire.
(définition issue du Ministère de la Transition Ecologique)

Effet ciseaux
L'effet ciseaux est un phénomène économique au cours duquel un groupe de travailleurs d'un secteur d'activité voit ses revenus diminuer en raison de la baisse du prix de sa production, tandis que les prix moyens de ses achats restent inchangés ou augmentent. Appliqué à l'état du monde, l'effet ciseaux est un ensemble de phénomènes contradictoires ou limitants.

Effondrement
Sens commun : fait de s'effondrer, fin, chute brutale.
Selon Yves Cochet : « L'effondrement est le processus à l'issue duquel les besoins de base (eau, alimentation, logement, habillement, énergie, etc.) ne sont plus fournis (à un coût raisonnable) à une majorité de la population par des services encadrés par la loi.». Vincent Mignerot parle d'effondrement lorsqu'il y a perte de maîtrise et Arthur Keller le situe dans le

passage involontaire d'une situation d'hétéronomie (tributaire d'approvisionnements externes) à une situation d'autonomie (indépendance pour les besoins essentiels et vitaux).

Empreinte écologique

L'empreinte écologique ou empreinte environnementale est un indicateur et un mode d'évaluation environnementale qui comptabilise la pression exercée par les hommes envers les ressources naturelles et les « services écologiques » fournis par la nature. Plus précisément, elle mesure les surfaces alimentaires productives de terres et d'eau nécessaires pour produire les ressources qu'un individu, une population ou une activité consomme et pour absorber les déchets générés, compte tenu des techniques et de la gestion des ressources en vigueur. Cette surface est exprimée en hectares globaux (hag), c'est-à-dire en hectares ayant une productivité égale à la productivité moyenne.

Energie renouvelable

Énergies dérivées de processus naturels en perpétuel renouvellement, notamment celles d'origine solaire, éolienne, hydraulique, géothermique ou végétale (bois, biocarburants, etc.). On distingue ainsi parmi les sources d'énergies renouvelables, le soleil (photovoltaïque ou thermique), le vent (éolienne), l'eau des rivières et des océans (hydraulique, marémotrice, etc.), la biomasse, qu'elle soit solide (bois et déchets d'origine biologique), liquide (biocarburants) ou gazeuse (biogaz) ainsi que la chaleur de la terre (géothermie) et celle extraite par des pompes à chaleur. (définition issue de l'INSEE)

Cette définition ne prend malheureusement pas en compte les besoins en ressources naturelles nécessaires aux technologies qui exploitent les énergies renouvelables. Ce qui les rend « non renouvelables », à terme et rend impossible l'objectif de « substituabilité énergétique » à terme.

Épuisement des ressources naturelles
L'épuisement des ressources du fait de la surconsommation humaine concerne la biodiversité, les ressources végétales (déforestation, prélèvement végétal), l'extinction des espèces mais aussi les minerais et matières premières. Cela désigne toute situation d'une ressource consommée plus vite qu'elle ne peut se renouveler. Dans le monde réel ça s'appelle un gros problème.

Falaise de Sénèque (ou effet Sénèque)
Le déclin d'une société est toujours beaucoup plus rapide que sa croissance ; il en a été ainsi de la civilisation Maya comme de la civilisation romaine et de bien d'autres par le passé.
D'un point de vue historique les principaux facteurs à l'origine des déclins ont toujours été les changements climatiques, la dégradation de l'environnement, les inégalités sociales, la complexité des sociétés et les chocs externes (guerres, catastrophes naturelles, famines, épidémies).

Fonction exponentielle
« Qui augmente de plus en plus vite ». En d'autres termes, dont la quantité à l'instant (t+1) augmente proportionnellement à la quantité à l'instant t.

Géo-ingénierie

Le terme "géo-ingénierie" est utilisé pour désigner des projets scientifiques visant à modifier le climat et l'équilibre énergétique terrestre pour lutter contre le réchauffement climatique. La géo-ingénierie divise la communauté scientifique. De nombreux climatologues redoutent les possibles effets secondaires de cette forme de « climatisation » de la Terre.

GIEC

Le GIEC est le Groupe d'experts intergouvernemental sur l'évolution du climat. Créé en 1988 par le Programme des Nations unies pour l'environnement (PNUE) et l'Organisation météorologique mondiale (OMM), il rassemble 195 États membres.

Jean-pierre François

né le 7 juin 1965 à Pont-à-Mousson, est un chanteur et footballeur français. Il interprète en 1989 du tube « Je te survivrai » composé par Didier Barbelivien.

Mascaret

Le mascaret est un phénomène naturel qui se produit sur près de 80 fleuves, rivières et baies dans le monde1. Le phénomène correspond à une brusque surélévation de l'eau d'un fleuve ou d'un estuaire à morphologie convergente de type « hypersynchrone », provoqué par l'onde de la marée montante lors des grandes marées. Il se produit dans l'embouchure et le cours inférieur de certains cours d'eau lorsque leur courant est contrarié par le flux de la marée montante. Imperceptible la plupart du temps, il se manifeste au moment des nouvelles et pleines lunes. Les mascarets les plus spectaculaires s'observent aux embouchures du Qiantang en Chine, du Hooghly en Inde et de l'Amazone au Brésil.

Mix énergétique

Le mix énergétique représente la manière dont sont réparties les différentes sources d'énergies primaires (disponible dans la nature avant toute transformation) consommées dans une zone géographique donnée.

Overshoot (ou dépassement de la capacité bio-productive)

Depuis 1970, la capacité de régénération de la Terre (bio-capacité) est inférieure à la consommation annuelle de l'humanité en ressources écologiques (empreinte Ecologique). Tous les ans, « le jour du dépassement de la Terre » (Earth Overshoot Day) arrive un peu plus tôt dans l'année. L'overshoot désigne la situation de déficit écologique à l'échelle globale qui résulte du dépassement des limites planétaires.

Pensée complexe

La pensée complexe est un concept philosophique créé par Henri Laborit lors des réunions informelles du groupe des dix et introduit par Edgar Morin. La première formulation de la pensée complexe date de 1982 dans le livre « Science avec conscience » d'Egar Morin : « Le but de la recherche de méthode n'est pas de trouver un principe unitaire de toute connaissance, mais d'indiquer les émergences d'une pensée complexe, qui ne se réduit ni à la science, ni à la philosophie, mais qui permet leur intercommunication en opérant des boucles dialogiques. »

Permaculture

La permaculture est un système de culture intégré et évolutif s'inspirant des écosystèmes naturels. C'est également une démarche éthique et une philosophie qui s'appuient sur 3 piliers : « prendre soin de la Terre, prendre soin des humains et partager équitablement les ressources».

Permafrost (ou pergélisol)

Le permafrost (ou pergélisol) est un terme géologique qui désigne un sol dont la température se maintient en dessous de 0°C pendant plus de deux ans consécutifs. Il représente 20% de la surface terrestre de la planète. Le permafrost est recouvert par une couche de terre, appelée « couche active », qui dégèle en été et permet ainsi le développement de la végétation.

En raison du réchauffement climatique le dégel du permafrost représente un danger majeur sur le plan des émissions de gaz à effet de serre et de risque bactériologique.

Pic de production (ou pic de Hubert)

En économie, on parle de plus en plus de pic de production pour désigner le moment où la production mondiale d'une ressource non renouvelable atteint un maximum, à partir duquel elle baisse de façon irréversible par suite de l'épuisement de la ressource.

Le géophysicien Marion King Hubbert suggéra dans les années 1940 que la courbe de production d'une matière première donnée, et en particulier du pétrole, suivait une courbe en cloche (voir ci-contre). Cette courbe devint célèbre quand il en fit une présentation officielle à l'API en 1956, avec deux points importants : cette courbe en cloche passe par un maximum, indiquant que la production décline forcément par la suite, elle est relativement symétrique par rapport à ce maximum.

Piège abscons
Le piège abscons est une situation irrationnelle dans laquelle on continue d'investir à perte, pensant que chaque nouvelle perte permettra de rattraper les précédentes.

Raisonnement à rebours (ou raisonnement panglossien)
Le raisonnement panglossien est un processus argumentatif erroné et trompeur consistant à raisonner à rebours vers une cause possible parmi d'autres, vers un scénario préconçu ou vers la position que l'on souhaite prouver.

Rapport au Club de Rome / Rapport Meadows
Les Limites à la croissance (dans un monde fini) (The Limits to Growth) — connu sous le nom de « Rapport Meadows » — est un rapport appuyé par le Club de Rome et publié en 1972 qui est une des références des débats et critiques qui portent sur les liens entre conséquences écologiques de la croissance économique, limitation des ressources et évolution démographique.
Le rapport a été commandé à des chercheurs du Massachusetts Institute of Technology (MIT) en 1970, communiqué lors d'un colloque en 1971 avant d'être publié l'année d'après. Il est fondé

sur un modèle informatiquement simulé qui conclut à une très forte probabilité d'effondrement du système de croissance économique dans la première moitié du XXIème siècle.

Rassuriste

Par opposition à l'« alarmisme », le « rassurisme » est une façon de qualifier les personnes qui tendent à minimiser les risques liés notamment à la pandémie de Covid-19, ou qu'ils jugent surestimés.

Rendements décroissants

Les sociétés humaines sont des organisations servant de cadre à la résolution des problèmes. Les systèmes socio-politiques ont besoin d'énergie pour leur maintenance. L'augmentation de la complexité apporte avec elle une augmentation des coûts par habitant, entendus comme coûts de prestations, maintenance. L'investissement dans la complexité comme moyen de résolution des problèmes finit toujours par atteindre un point où les rendements sont décroissants. »
(Joseph Tainter)

Risques systémiques

Les sociétés modernes sont caractérisées par un très haut niveau d'interconnexions entre de nombreux secteurs, porteuses de risques intrinsèques, dits systémiques du fait des rétroactions présentes entre toutes les parties du système socio-environnemental global. Le principal point de fragilité lié à ces risques réside dans la propagation de chocs à travers les différents secteurs d'activité.

Sécurité alimentaire

La sécurité alimentaire est un concept défini par l'accès de tous les individus d'une population à une alimentation de qualité et en quantité suffisante pour satisfaire leurs besoins fondamentaux. Ce concept intègre les notions de droit, justice et risque alimentaires. Dans une conception agroécologique, il implique de construire des systèmes alimentaires durables et résilients.

Solastalgie

La solastalgie est une détresse profonde causée par les changements perçus comme irréversibles de notre environnement. Ce néologisme a été créé en 2007 par Glenn Albrecht, philosophe australien de l'environnement.

Striatum

Le striatum est un ensemble de neurones, situé dans le cerveau antérieur, qui a notamment des connexions avec le système limbique et qui est impliqué dans le sentiment de récompense, l'empathie et les comportements sociaux.

Supraliminaire

« J'appelle supraliminaires les événements et les actions qui sont trop grands pour être encore conçus par l'homme », écrit Günther Anders. Forgé par le philosophe lui-même, le concept de « supraliminaire » [das Überschwellige] désigne le seuil au-delà duquel l'esprit humain est inapte à penser et à se représenter les effets induits et les actions générées par l'utilisation des produits de la technologie.

Système Terre

C'est l'ensemble des interactions entre l'humanité et la planète Terre. Certaines définitions distinguent le « système monde » du « système Terre ». Les curieux pourront creuser la question.

Thermodynamique

La thermodynamique correspond à une branche de la physique qui étudie le comportement thermique des corps, plus exactement les mouvements de chaleur. De façon plus générale, la thermodynamique s'intéresse à l'étude de l'énergie (en particulier l'énergie interne) et de ses transformations. La thermodynamique obéit à des principes (lois) physiques :

Le premier principe indique que l'énergie d'un système isolé se conserve. Elle ne peut être ni crée ni détruite (par contre elle se transforme). Pour des sous-systèmes de l'univers (seul système rigoureusement isolé), l'énergie est échangée sous forme de transfert thermique et de travail.

Le second principe énonce que l'entropie augmente au cours d'une transformation énergétique. L'entropie, c'est la mesure du désordre. Plus l'entropie d'un système est élevée, moins ses éléments sont ordonnés, liés entre eux, et plus faible est la part de l'énergie utilisable pour le travail mécanique. Si plusieurs processus de transformation sont mis en œuvre de la source d'énergie primaire vers la consommation finale, la proportion d'énergie disponible pour le maillon suivant sera de plus en plus faible. Tout usage de l'énergie se termine toujours en chaleur.

Tipping point (ou point de basculement)
En physique, un point de basculement est un seuil au-delà duquel le système change rapidement d'état. En sociologie, un point de bascule est une transition qui voit la généralisation d'un phénomène auparavant rare.

Transhumanisme
Le transhumanisme est un mouvement culturel et intellectuel international prônant l'usage des sciences et des techniques afin d'améliorer la condition humaine notamment par l'augmentation des capacités physiques et mentales des êtres humains.

TRE (taux de retour énergétique)
Le Taux de Retour Énergétique (TRE), ou Energy-Return-On-Investment (EROI), est un indicateur qui mesure la difficulté à extraire l'énergie de l'environnement. C'est la quantité d'énergie nécessaire à se procurer de l'énergie.

Ultracrépidarianisme
C'est un comportement consistant à donner son avis sur des sujets à propos desquels on n'a pas de compétence crédible ou démontrée. Il est l'équivalent de la notion française de cuistrerie. C'est l'art de parler de ce qu'on ne connaît pas.

Z.A.D (zadiste)

Etymologie : Le sigle ZAD, acronyme de Zone à défendre, est un détournement de sens du sigle ZAD (Zone d'aménagement différé) utilisé en droit de l'urbanisme.

ZAD est le slogan, le label, utilisé par des militants ou activistes qui s'opposent à la réalisation de projets considérés comme inutiles, dangereux, coûteux, nuisibles à l'environnement, etc. L'objectif est de paralyser les projets en organisant des foyers de résistance avec une occupation physique des sites de travaux.

Les ZAD sont par ailleurs d'excellents laboratoires de modes de vie durables et sobres.

Zoonose

Les zoonoses sont des maladies infectieuses qui se transmettent des animaux à l'homme, et vice versa. Les pathogènes en cause peuvent être des bactéries, des virus ou des parasites. La transmission de ces maladies se fait soit directement, lors d'un contact entre un animal et un être humain, soit indirectement par voie alimentaire ou par l'intermédiaire d'un vecteur (insecte, arachnides...). D'après l'Organisation mondiale de la santé animale, 60% des maladies infectieuses humaines sont zoonotiques (définition selon le Ministère de l'Agriculture)

La capture de la faune sauvage et la destruction de son habitat multiplie les contacts physiques entre les populations d'animaux sauvage, d'élevage et les humains. Cela favorise fortement la survenue de zoonoses qui ne peuvent que se développer dans les années et les décennies qui viennent.

l'effondrement, en quelques mots

La découverte des énergies fossiles a totalement transformé le développement des sociétés depuis un peu moins de 200 ans. C'est en particulier l'exploitation du pétrole qui a rendu ce petit miracle possible. Il a permis à l'humanité de croître en nombre comme jamais, en qualité et espérance de vie, en mobilité, d'améliorer l'accès aux soins, aux loisirs, a permis l'augmentation de la production agricole, le développement du tourisme de masse, des villes, des nouvelles technologies, la production de vêtements à très bas coût, bref, c'est sans conteste la potion magique du monde moderne. Le problème, c'est que cette accélération du développement humain a engendré proportionnellement la destruction des ressources de la planète et de son habitabilité. La rapidité et la puissante avec laquelle ce développement c'est produit a fait exploser les limites de la planète qui a débuté son burn-out bio-physique autour des années 70. Nous vivons dans un système basé sur la transformation des ressources naturelles en déchets, et nous sommes sur la réserve. Les conséquences du dépassement des limites planétaires (pollutions, dérèglement climatique, extinction de masse des espèces, épuisement des ressources, boucles de rétroactions) sont telles que, non seulement, les sociétés modernes ne vont pas pouvoir continuer leur développement mais impliquent qu'elles vont décroître très fortement dans les années et décennies qui viennent.

Finalement l'effondrement, c'est la rencontre entre l'atteinte des limites bio-physiques de la planète (et ses conséquences) et les vulnérabilités d'un système mondialisé toujours plus complexe et interconnecté. L'image d'une humanité en train de scier la branche sur laquelle elle est assise est assez parlante pour illustrer la situation dans laquelle nous sommes. Pour l'instant, ce sont les plus pauvres, les moins responsables de la situation qui trinquent, mais on s'en fout pas mal car comme dirait Didier Super :
« Y'en a marre des pauvres ».

(enfin des) solutions

Solution de la page 23 :

Vingt-cent-mille-euros = Vincent Mignerot

Janco-veni-vidi-vixi = Jean-Marc Jancovici

Un retour Killer = Arthur Keller

Ricochet = Yves Cochet

Jean-Christophe en a = Jean-Christophe Anna

Loïc s' défend = Loïc Steffan

Pas le beau serre vigne = Pablo Servigne

Ni cola eut l'eau = Nicolas Hulot

Laurent Stérone = Laurent Testot

J'embarque en sille = Jean-Marc Gancille

A y est, laurent ! = Laurent Aillet

Hugo ? Parti... = Ugo Bardi

Hors un lit à barreau = Aurélien Barrau

D'aile fine bateau = Delphine Batho

Solution de la page 29 :

« C'est astérisque et périls »

les **bonus**

Didier super

Darwin Awards

Collapsologie et humour

Bridget Kyoto

Les Goguettes

Karim Duval

Remerciements

Tout d'abord, je souhaite ne pas me remercier de m'être lancé dans une aventure aussi chronophage et si peu rentable. Je ne remercie pas non plus Angélique, ni Jérôme, qui ont fait le choix de m'aider et de m'encourager plutôt que de me dissuader.

Je remercie plutôt les autres, ceux qui vont me permettre d'alimenter durablement la collection des « Brèves de Fin de Monde », enfin, aussi longtemps qu'il sera possible d'en rire. C'est un défi qui risque de devenir plus difficile à relever que de limiter le changement climatique ou de freiner la sixième extinction de masse des espèces en cours, au rythme où vont les choses...